古利和古拉

[日] 中川李枝子 著　　[日] 山胁百合子 绘　　季颖 译

北京联合出版公司

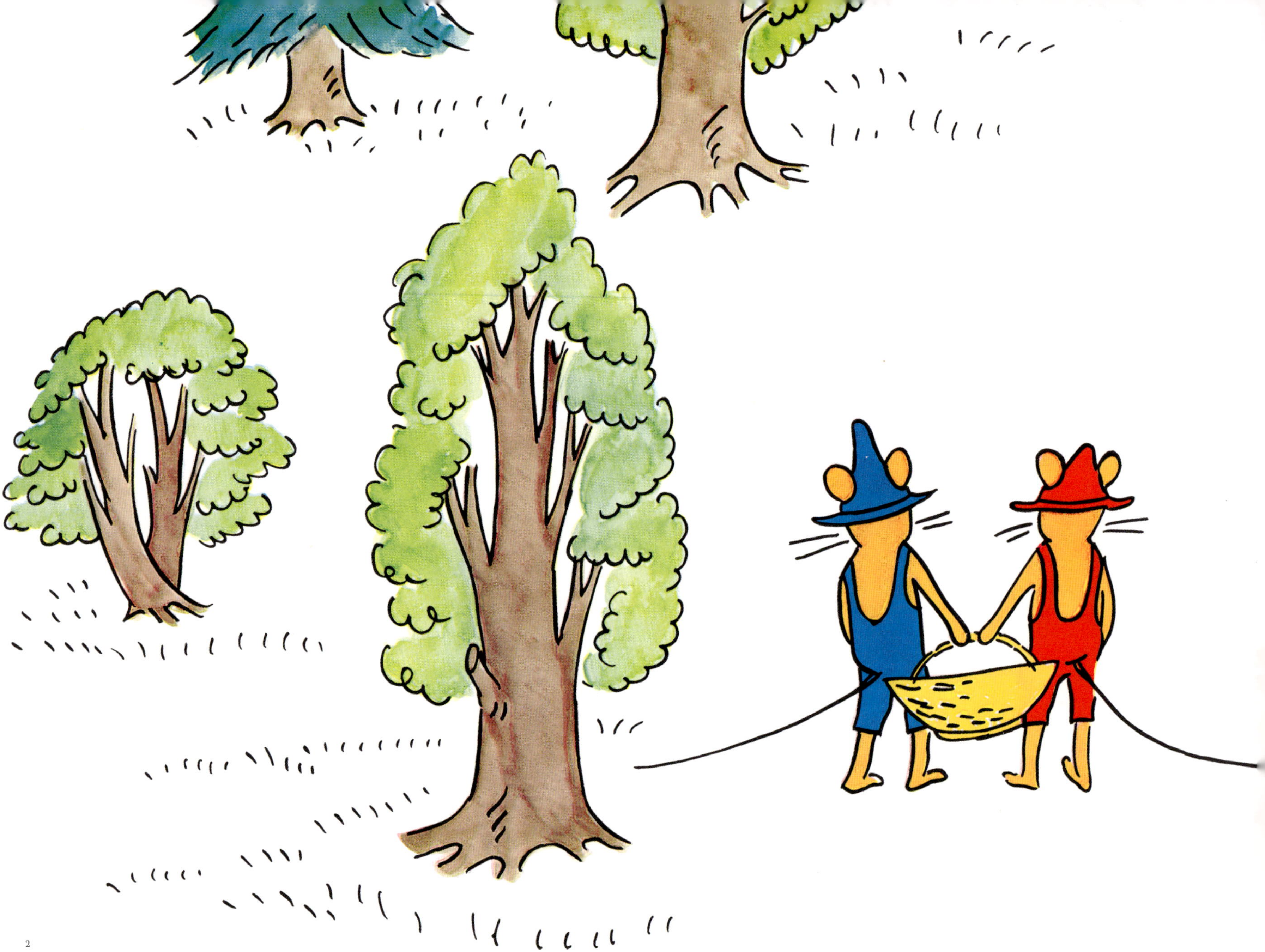

田鼠古利和古拉提着大篮子到树林里去。
他们一边走一边唱：

　　我们的名字叫古利　叫古拉
　　在这世界上　最最喜欢啥
　　做好吃的　吃好吃的
　　古利　古拉　古利　古拉

"要是捡到满满一篮橡子的话,就放好多好多糖,煮得甜甜的。"

"要是捡到满满一篮栗子的话,就做果子酱,煮得软软的。"

他俩一边说着一边走,忽然……

哎呀!路中间有一个好大好大的——

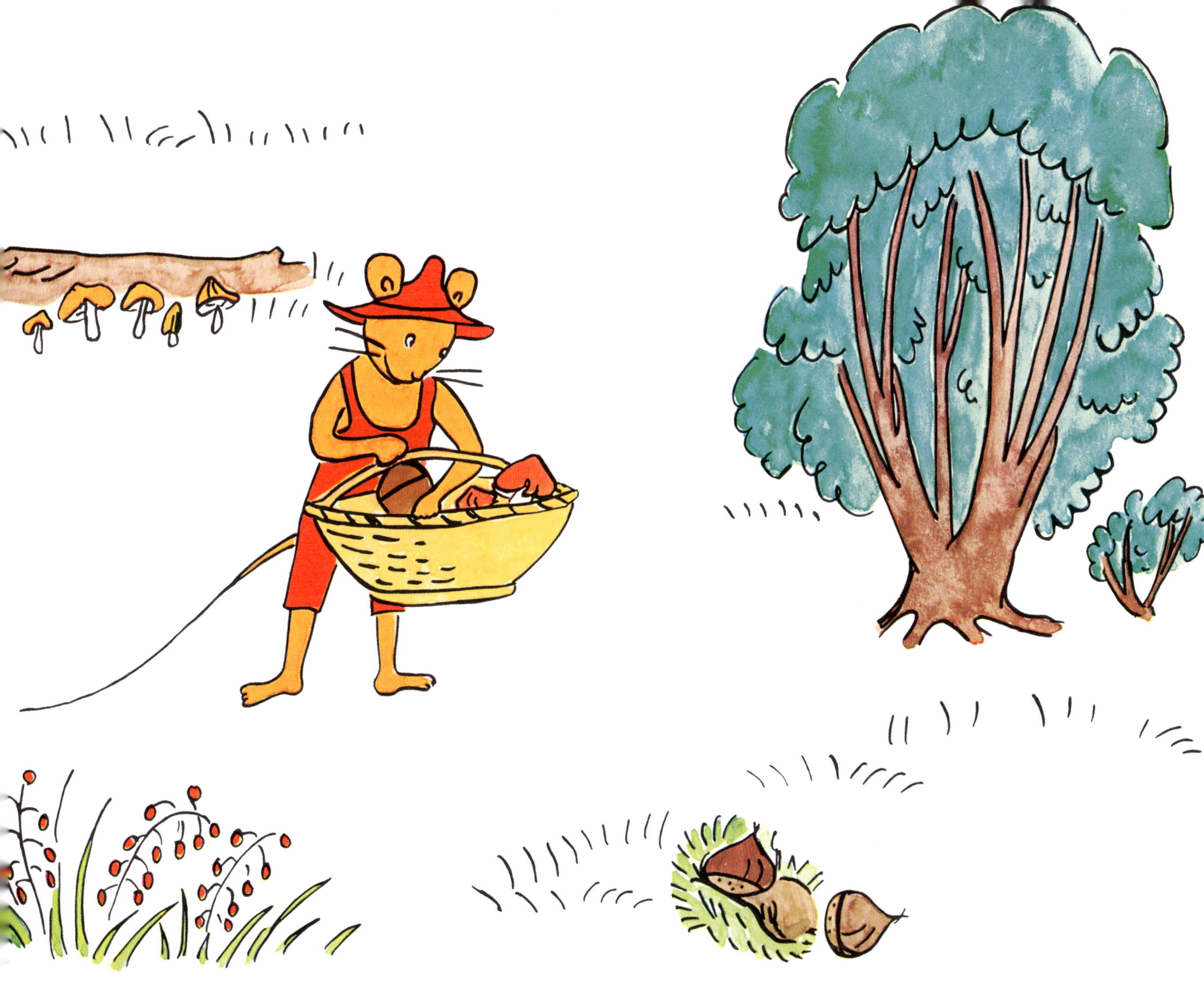

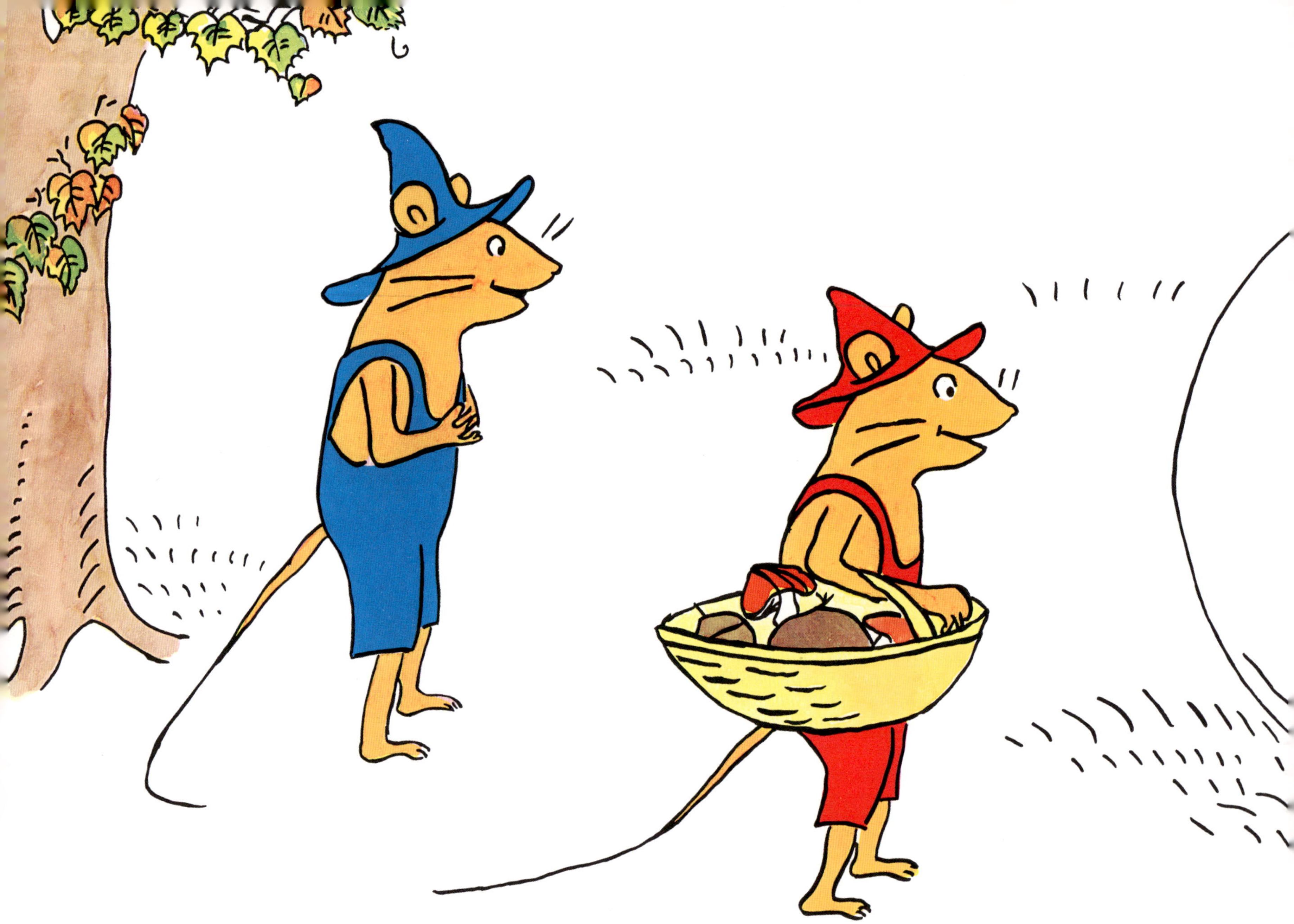

大鸡蛋!
"呀,多大的大鸡蛋啊!
可以煎一个月亮那么大的荷包蛋。"
古利说。
"能做一个比咱们的床还厚、
还松软的鸡蛋卷。"
古拉说。

"还不如做个蛋糕更好。
能做一个从早上吃到晚上
也吃不完的大蛋糕呀。"
古利这么一讲,
古拉也赞成,说:
"这个主意好。"

可是，怎么才能把鸡蛋弄回去呢？
"这个鸡蛋太大了，篮子装不下呀。"古利说。
"抬着走呢？"古拉说。
"鸡蛋太光溜，会从手上滑下去的。"
"骨碌着走呢？"
"撞到石头上，会碰碎的。"

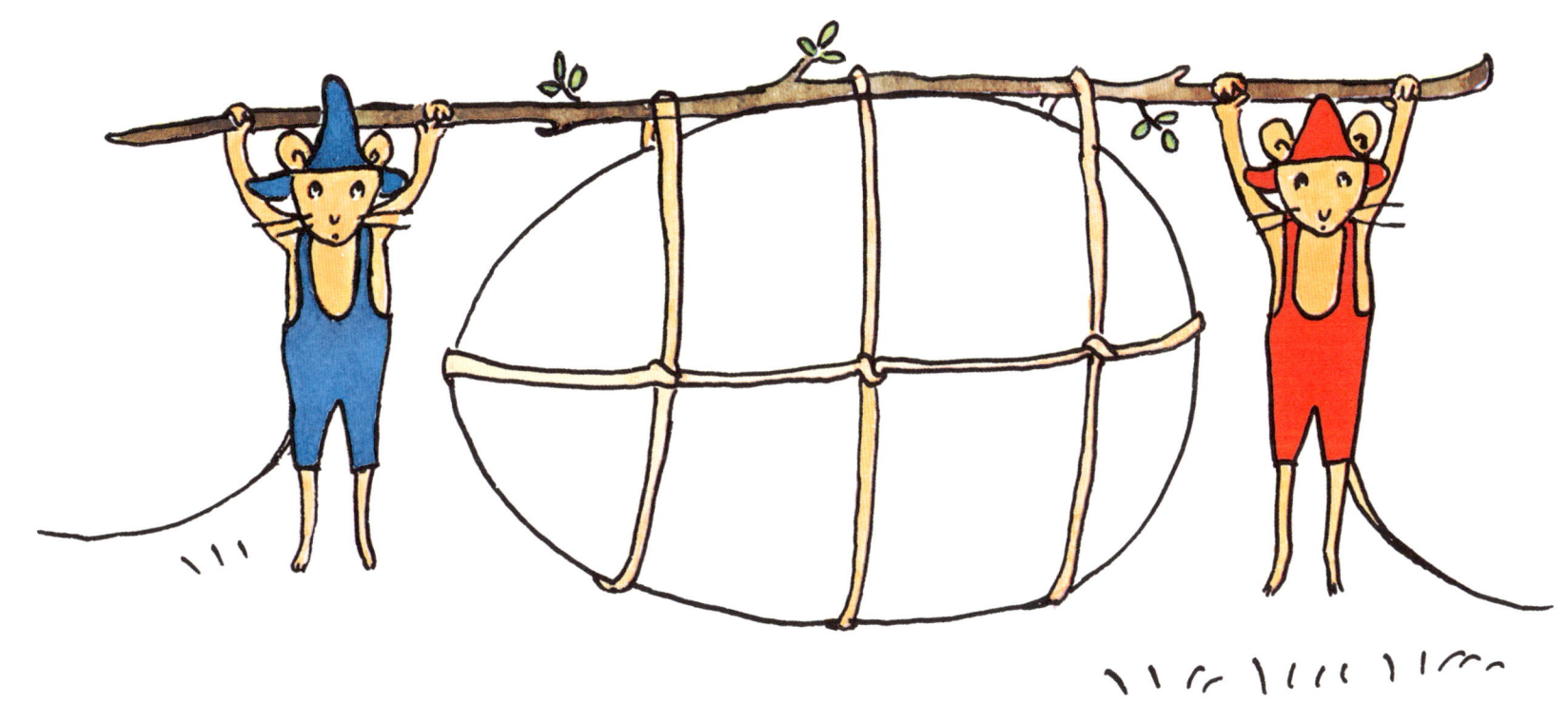

他俩抱着胳膊想了一会儿。
啪,古利拍了一下手说:
"那,咱们把锅拿来,在这儿做吧。"
"嗯,这是个好办法。"
啪,古拉也拍了一下手。

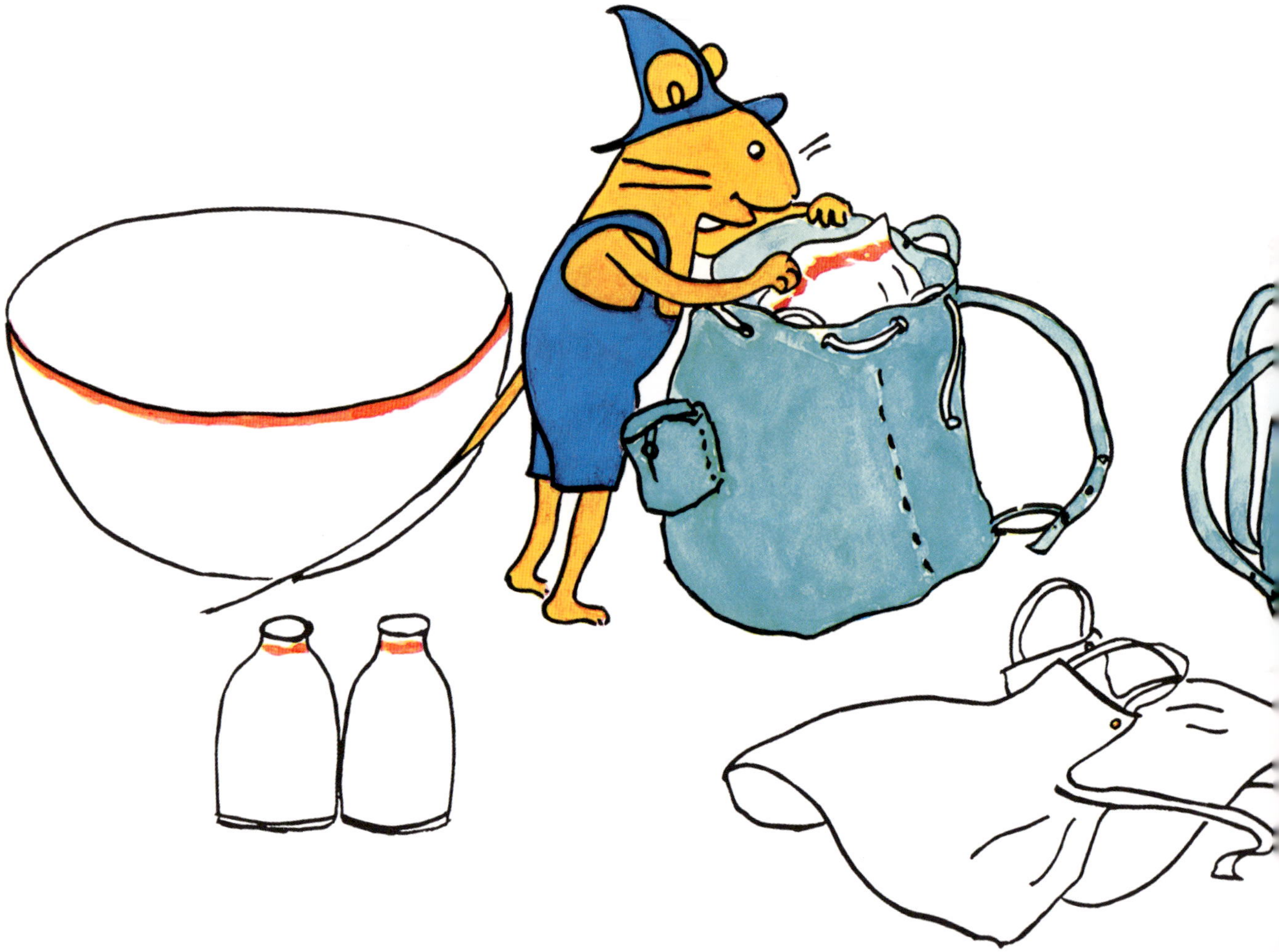

古利和古拉急忙跑回家去准备东西。

最大的平底锅、面粉、黄油、牛奶、砂糖、大碗、打蛋器、两条围裙、火柴，还有旅行背包。

锅太大，背包装不下。

"没办法，拖着走吧。"
"没办法，骨碌着走吧。"

古利和古拉先系好了围裙。

"嘿,砸鸡蛋啦!"

古利挥起拳头向鸡蛋砸去。

"哎呀，疼死了！好硬啊。"
古利流着眼泪跳起来。
"用石头敲吧。"古拉说。

用石头才把鸡蛋敲开了。
古利赶紧把鸡蛋打到大碗里,
放上糖,用打蛋器搅拌,
然后又加进了牛奶和面粉。

这时候,古拉用石头搭起灶台,
又捡来柴火。

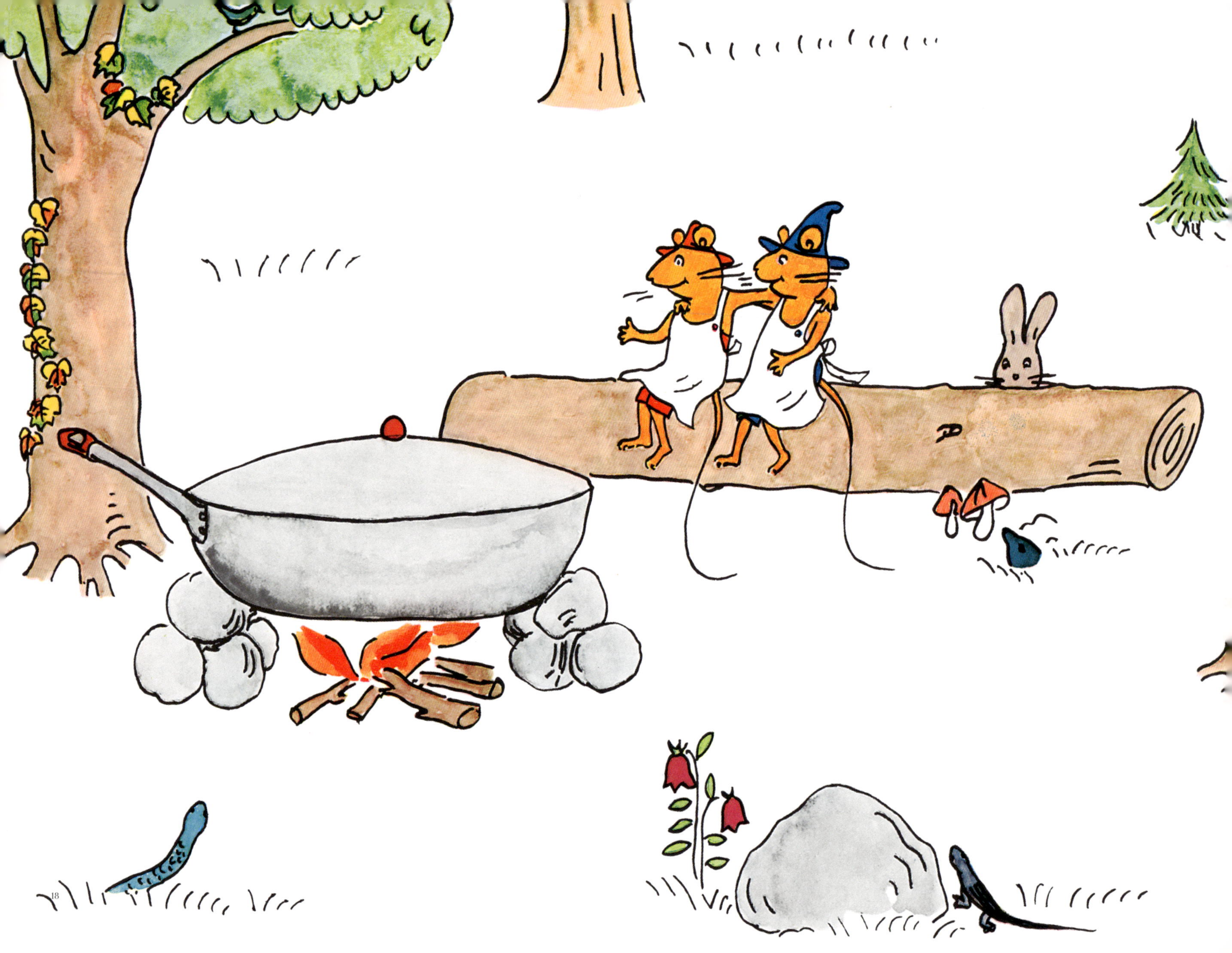

好，在锅里涂上黄油，
把大碗里的面糊倒进去，
盖上锅盖，把锅架到火上。

　　我们的名字叫古利　叫古拉
　　在这世界上　最最喜欢啥
　　做好吃的　吃好吃的
　　古利　古拉　古利　古拉

他们一边唱歌，一边等着蛋糕烤好。

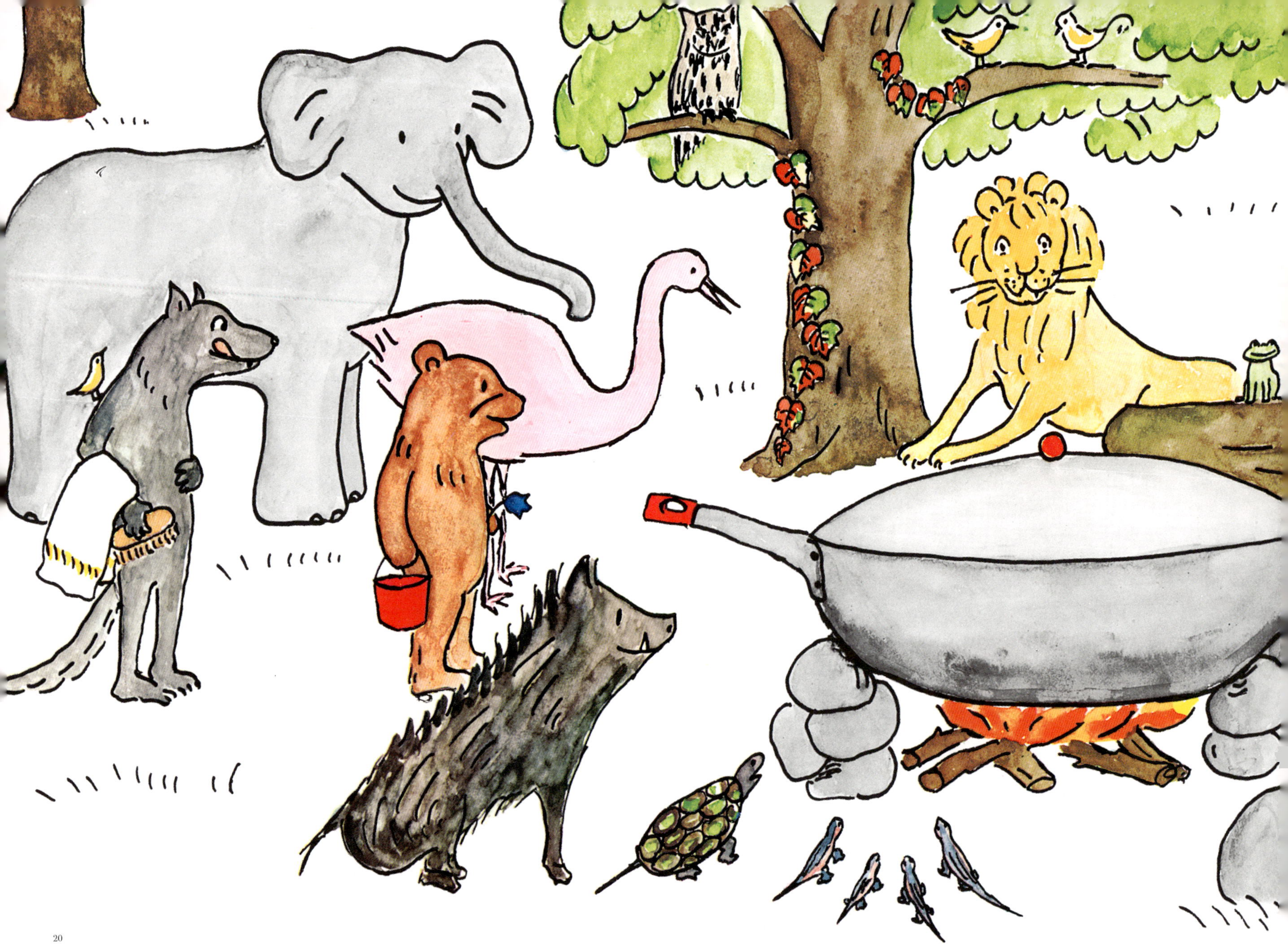

"你们在做蛋糕呢！真好闻啊。"树林里的动物们都抽着鼻子跑来了。

是啊　古利和古拉在做蛋糕

古利和古拉不是小气鬼

请大家等一等

一会儿请你们吃蛋糕

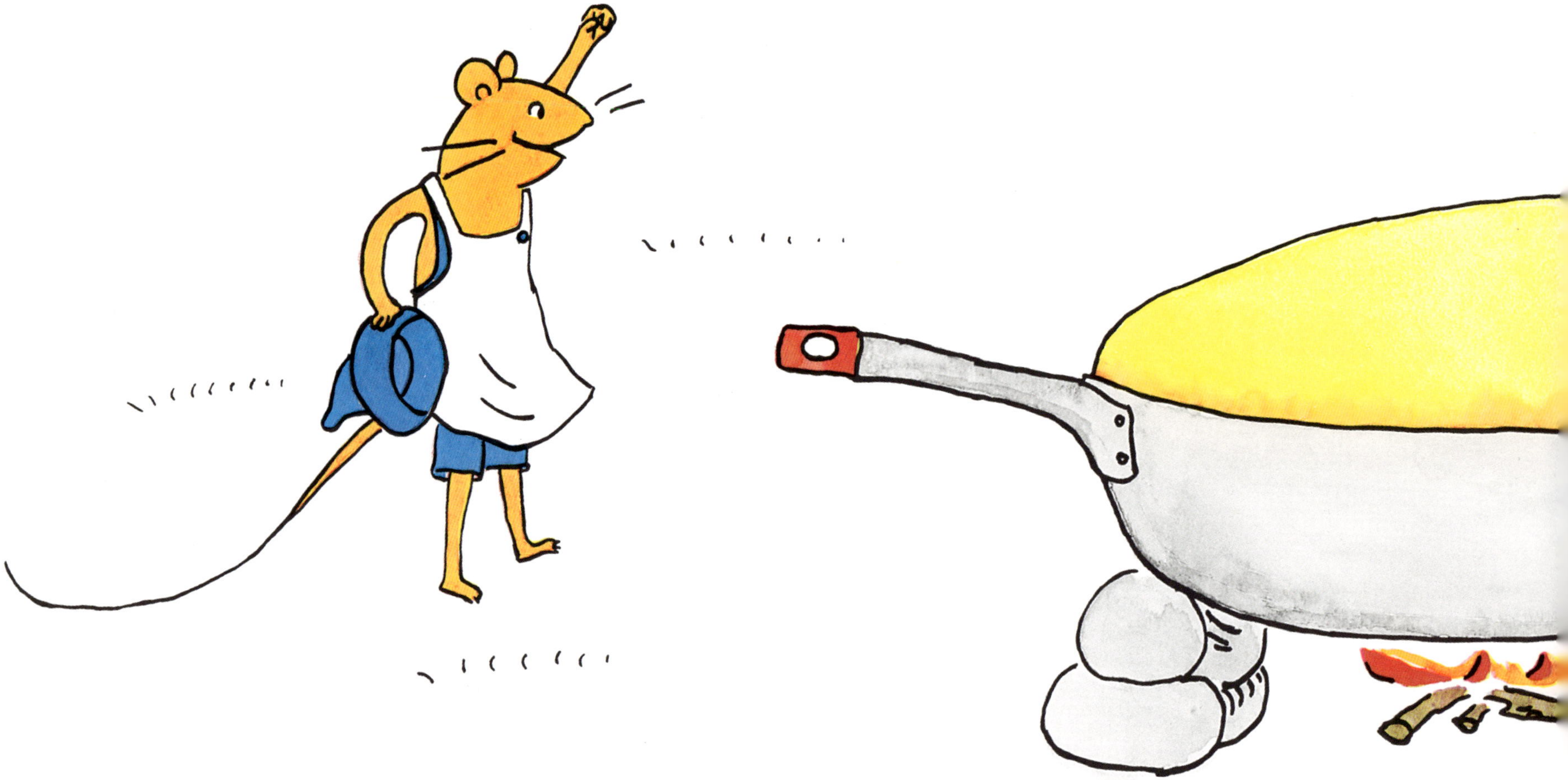

"哈哈,烤好了吧?"
古拉掀开锅盖,
啊呀,金黄色的蛋糕,
又松又软的蛋糕!
"哎哟,看样子就很好吃!"
大家都瞪圆了眼睛,高兴得不得了。

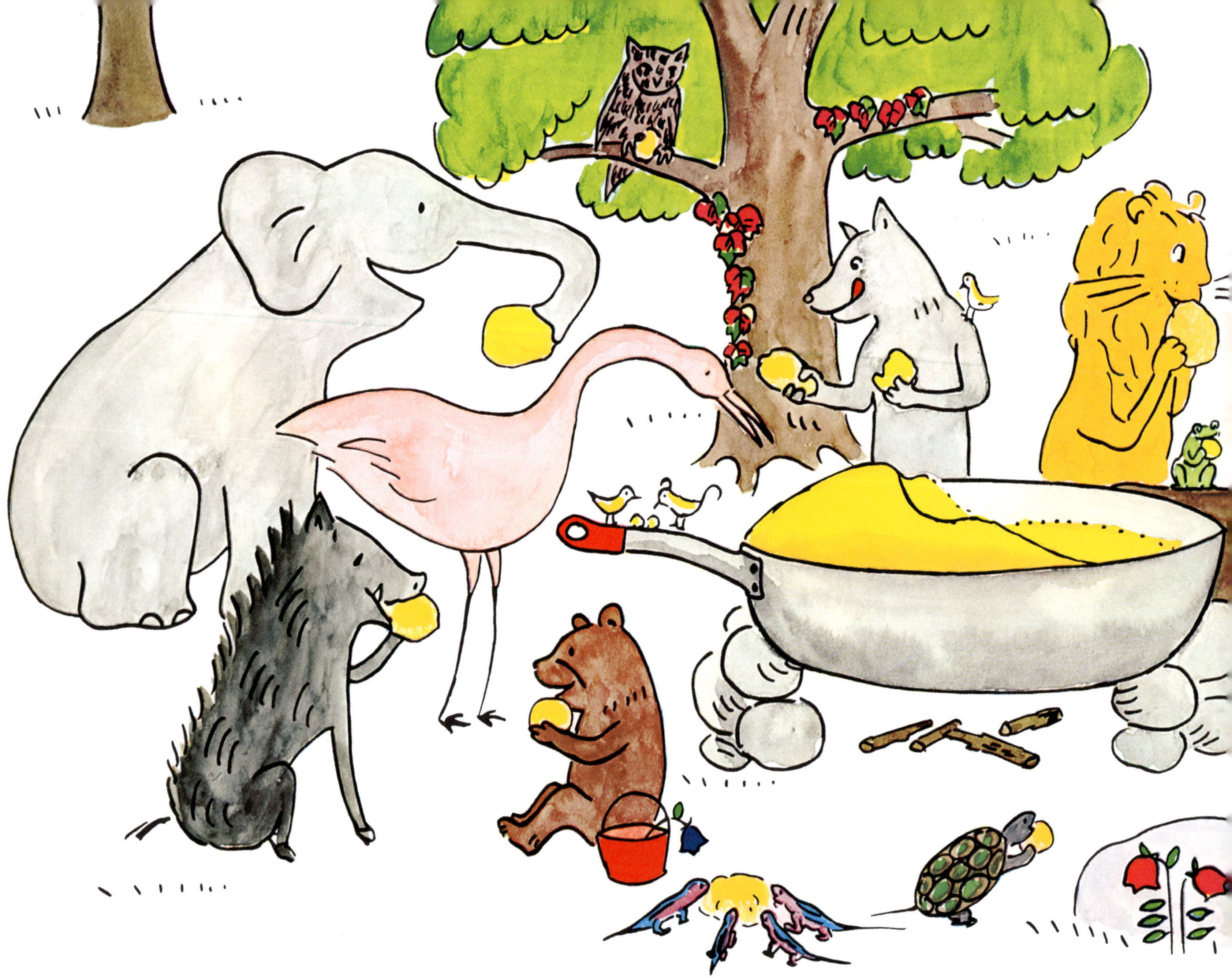

那个好吃劲儿啊,就别提了!

剩下的,只有净光光的大锅和大鸡蛋的空壳。

猜猜看,古利和古拉用蛋壳做了什么呢?

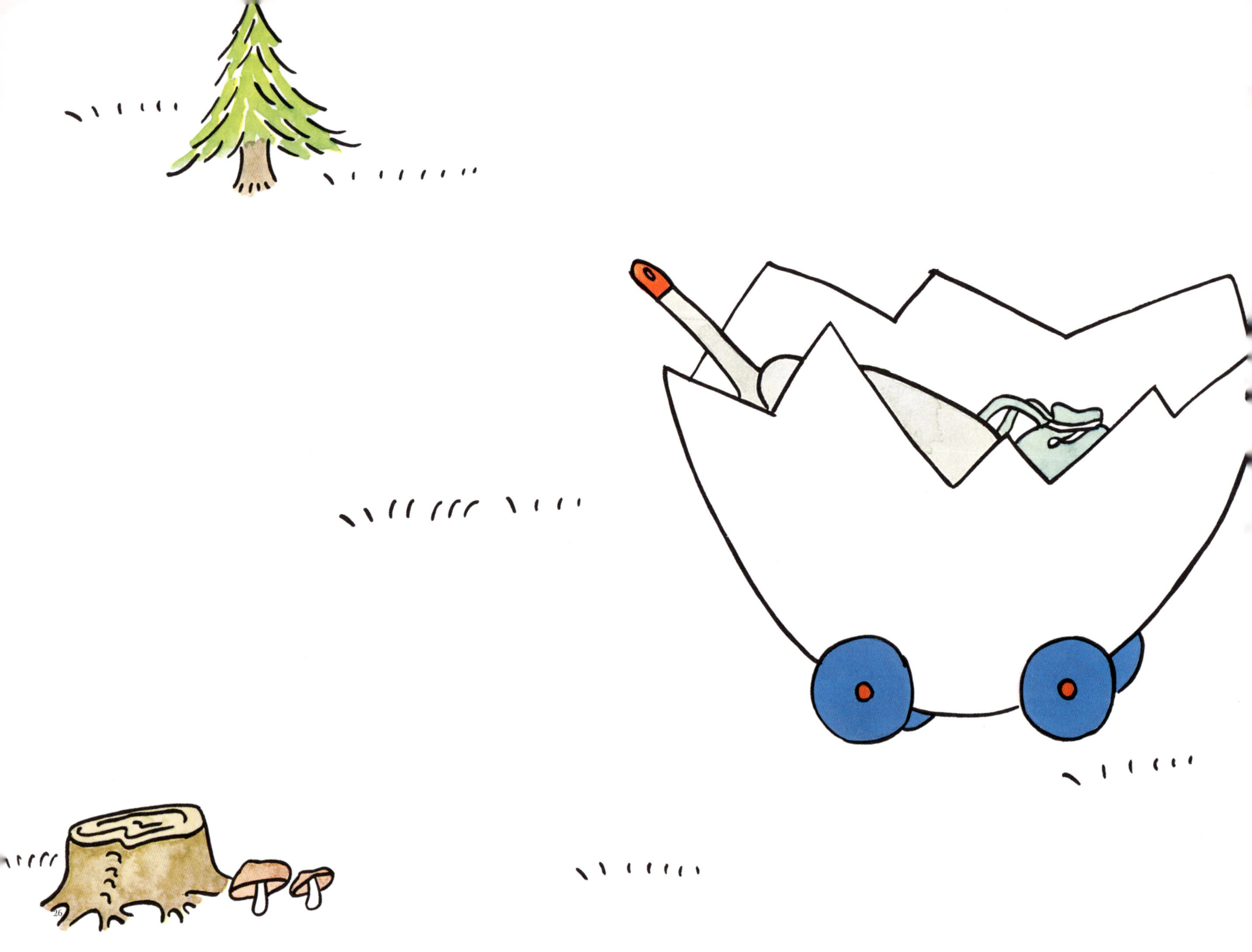

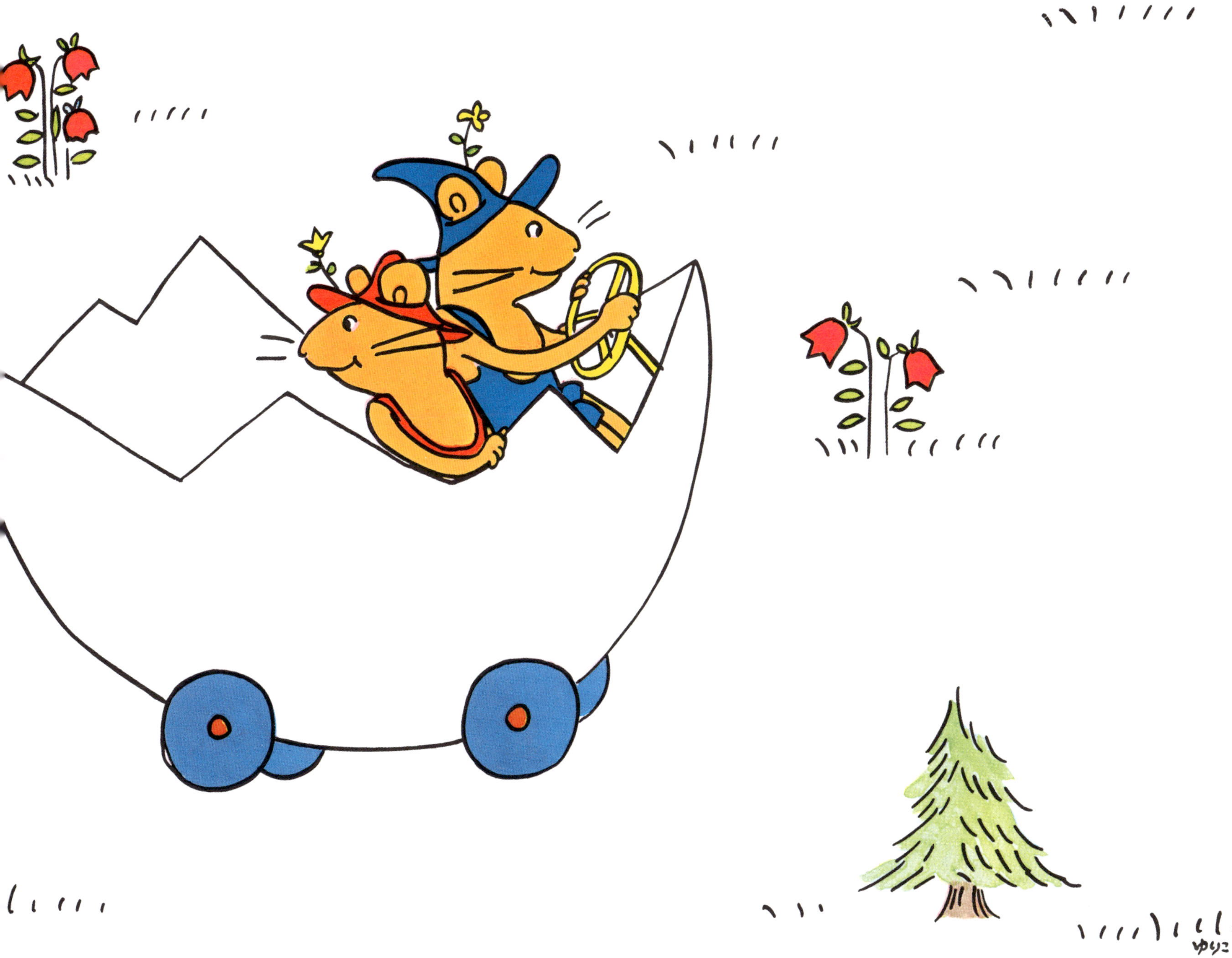
ゆりこ

图书在版编目（CIP）数据

古利和古拉 /（日）中川李枝子著；（日）山胁百合子绘；季颖，爱心树译. -- 北京：北京联合出版公司，2020.8（2025.6重印）

ISBN 978-7-5596-2604-2

Ⅰ.①古… Ⅱ.①中… ②山… ③季… ④爱… Ⅲ.①儿童故事－图画故事－日本－现代 Ⅳ.① I313.85

中国版本图书馆 CIP 数据核字 (2018) 第 229533 号

北京市版权局著作权合同登记 图字：01-2020-2402

GURI TO GURA (Guri and Gura)
Text © Rieko Nakagawa 1963
Illustrations © Yuriko Omura 1963
Originally published in Japan in 1963 by FUKUINKAN SHOTEN PUBLISHERS, INC..
Simplified Chinese translation rights arranged with FUKUINKAN SHOTEN PUBLISHERS, INC., TOKYO.
through DAIKOUSHA INC., KAWAGOE.
All rights reserved.

古利和古拉

作　者：[日] 中川李枝子 著
　　　　[日] 山胁百合子 绘
译　者：季 颖 爱心树
出 品 人：赵红仕
责任编辑：熊　娟
特邀编辑：邓复玲　张　羲
封面设计：江宛乐
内文排版：王春雪　杨兴艳

北京联合出版公司出版
(北京市西城区德外大街83号楼9层　100088)
新经典发行有限公司发行
电话 (010) 68423599　邮箱 editor@readinglife.com
北京奇良海德印刷股份有限公司印刷　新华书店经销
字数 24 千字　787 毫米 × 1092 毫米　1/16　17.5 印张
2020 年 8 月第 1 版　2025 年 6 月第 10 次印刷
ISBN 978-7-5596-2604-2
定价：218.00 元（全 8 册）

版权所有，侵权必究
未经书面许可，不得以任何方式转载、复制、翻印本书部分或全部内容。
本书若有质量问题，请与本公司图书销售中心联系调换。电话：010-68423599